· 中国现代经典新诗集汇校 ·

烙 印

臧克家 著

向阿红 汇校

金宏宇 易彬 主编

长江出版传媒 | 长江文艺出版社

图书在版编目（CIP）数据

烙印 / 臧克家著；向阿红汇校. -- 武汉 ：长江文
艺出版社，2024. 12. --（中国现代经典新诗集汇校本丛
书 / 金宏宇，易彬主编）. -- ISBN 978-7-5702-3783-8

Ⅰ. Ⅰ226

中国国家版本馆 CIP 数据核字第 202456FS01 号

烙印

LAOYIN

责任编辑：程华清　　　　　　　　责任校对：易　勇
封面设计：胡冰倩　　　　　　　　责任印制：邱　莉　丁　涛

出版：长江出版传媒　长江文艺出版社
地址：武汉市雄楚大街 268 号　　　邮编：430070
发行：长江文艺出版社
http://www.cjlap.com
印刷：中印南方印刷有限公司

开本：640 毫米×960 毫米　　1/16　　印张：4.75
版次：2024 年 12 月第 1 版　　　2024 年 12 月第 1 次印刷
行数：1480 行

定价：24.00 元

汇校说明

诗集《烙印》是臧克家的处女作，也是他的成名作。二十世纪三十年代初期的中国新诗坛略显"沉寂"，弥漫着一股"颓丧"之风。在这样的诗风环境下，青年诗人臧克家的《烙印》带着五四以来反帝反封建的优良传统，将新诗从梦幻中拉回到黑暗的现实，给新诗的肌体注入了新鲜的血液，给三十年代初期的中国新诗坛吹来了一股现实主义风，在新诗和整个现代文学的发展史上占有重要的地位。臧克家十分注重与农民的联系，他的创作题材始终围绕着现实生活，关注农民的生活和精神状态，用自己的心血去表现当时中国最软弱最悲怜的群体。这个汇校本，希望能对《烙印》和臧克家整个文学创作的研究有所裨益。

一、《烙印》的版本较多，作者改动也较大，主要有以下几种：

（1）自印本。臧克家受到卞之琳自费出版《三秋草》的启迪和鼓舞，于1933年7月自费出版了《烙印》，共收入22首新诗作品。诗集封面仿照闻一多《死水》的封面，采用的是黑红经典搭配，黑色封面上"一个红签子题署书名，短短地横跨书脊"。

（2）初版本。1934年3月由开明书店出版，列入《开明文学新刊》。初版本新增诗歌作品四首，分别是《到都市去》《号声》《逃荒》《都市的夜》，其中《到都市去》是旧作，创作于1933

年 5 月，其余三篇是新作，均创作于 1933 年 11 月。另外，初版本在诗集末尾增加了一篇《再版后志》。

（3）再版本。1934 年 10 月由开明书店出版，再版本在内容上与初版本几乎无差别。

（4）内一版。1943 年 8 月内一版发行。

（5）东南一版。1945 年 7 月东南一版发行。

（6）三版。1947 年 4 月由开明书店出版。

（7）四版。1948 年 4 月由开明书店出版。

（8）八版。1949 年 2 月由开明书店出版。

（9）合集本。1963 年 9 月，人民文学出版社将 1947 年 4 月《烙印》三版本与上海星群出版公司 1947 年 6 月出版的《罪恶的黑手》合编一集，仍冠以书名《烙印》出版。

（10）合集本。1997 年 5 月，浙江文艺出版社将《烙印》（据自印本）、《罪恶的黑手》加《集外拾翠》合集，仍冠以书名《烙印》，列入《中国新诗经典》出版。

（11）1999 年 1 月，中国文联出版公司将《烙印》（据 1947 年 4 月三版）收入《中国现代诗歌名家名作原版库》印行。

（12）合集本。2000 年 1 月，人民文学出版社以《烙印》（据自印本）和生活书店 1934 年 10 月出版的《罪恶的黑手》共同作为书名，合为一集，列入《新文学碑林》出版。

（13）2000 年 7 月，人民文学出版社以《烙印》（据自印本）为书名，附录《罪恶的黑手》，列入"百年百种优秀中国文学图书"出版。

二、《烙印》版本众多，除 1943 年 8 月内一版与 1945 年 7 月东南一版有多处重要改动之外，从再版本始，之后单行本的不同版本几乎都与初版本相同。因此，本书以《烙印》1933 年 7 月自印本为底本，并以 1934 年 3 月初版本、1943 年 8 月内一版及 1945 年 7 月东南一版为基础进行校勘。体例如下：

（1）凡文本中有字、词改动者，用引号摘出底本正文，并将其他版本中改动之处校录于后。凡整句有改动者，则校文中不摘出底本正文，而以"此句……"代替。凡整篇有改动极大者，校文中直接附各版本全篇修改稿。

（2）校号①②③……一般都标在所校之文末。汇校部分一律采用脚注的形式，并且每页重新编号。

（3）初版本中部分诗歌未结集之前，已在当时发表于各种报刊上，这些初刊本与结集之后的版本多有出入，因此在进行版本汇校时，将初刊本也纳入汇校中。

（4）本书所采用的校本极为难寻，其中 1934 年 3 月初版本和 1943 年 8 月内一版为臧克家先生之女郑苏伊女士提供，万分感谢！需要指出的是，1943 年 8 月内一版是残本，缺第 3—10 页，以及第 53—56 页。因此，在汇校过程中，缺页内容未纳入汇校。

（5）本书以《烙印》1933 年 7 月自印本为底本，自印本中因当时印刷原因，有多处误植和漏排现象，底本按自印本原文录入，误植和漏排情况将在汇校中一一说明。

三、校勘之事，往往事倍而功半，虽然细心、耐心，亦难免窜误、遗漏。不足、错误之处祈请读者批评指正。

发表篇目统计表

篇目	发表刊物
《希望》	《文艺月刊》1932 年第 3 卷第 5、6 期，第 729—730 页。
《老哥哥》	《文艺月刊》1932 年第 3 卷第 3 期，第 321—323 页。
《贩鱼郎》	《文学》（上海 1933）1933 年第 1 卷第 4 期，第 578 页。
《像粒砂》	《新月》1932 年第 4 卷第 5 期，第 51—52 页。
《当炉女》	《现代》（上海 1932）1932 年第 2 卷第 2 期，第 247 页。
《变》	《创化》1932 年第 1 卷第 1 期，第 69 页。
《万国公墓》	《创化季刊》1933 年第 1 卷第 1 期，第 11 页。
《洋车夫》	《文学》（上海 1933）1933 年第 1 卷第 4 期，第 578 页。
《到都市去》	《东方杂志》1933 年第 30 卷第 19 期，第 23 页。
《难民》	《新月》1933 年第 4 卷第 7 期，第 7—9 页。
《神女》	《文艺月刊》1933 年第 3 卷第 12 期，第 1687—1688 页。
《生活》	《文艺月刊》1933 年第 4 卷第 1 期，第 55—56 页。

（续表）

篇目	发表刊物
《歇午工》	《文艺月刊》1933 年第 4 卷第 2 期，第 35—36 页。
《忧患》	初刊于《文艺月刊》1932 年第 3 卷第 3 期，第 321 页；再刊于《国闻周报》1932 年第 9 卷第 38 期，第 2 页。
《炭鬼》	《文艺月刊》1933 年第 3 卷第 9 期，第 1230—1232 页。
《失眠》	《新月》1932 年第 4 卷第 5 期，第 52 页。

汇校版本书影

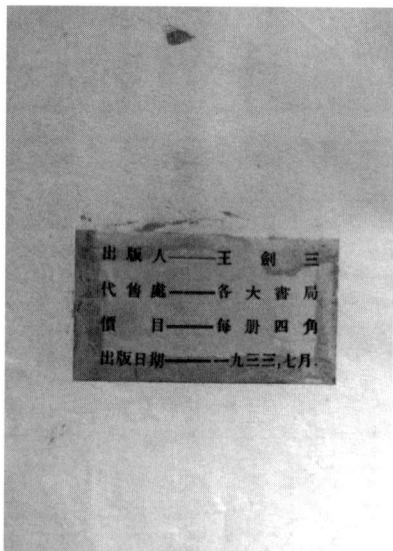

1933 年 7 月自印本

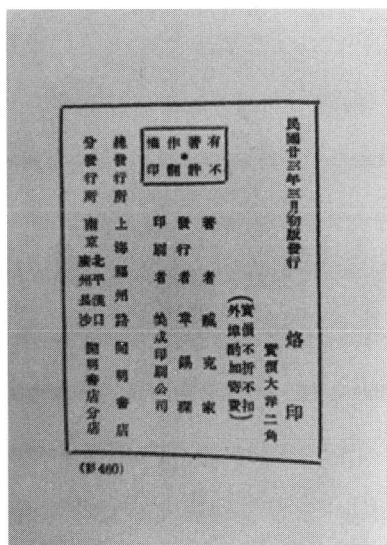

1934 年 3 月初版本

开明书店

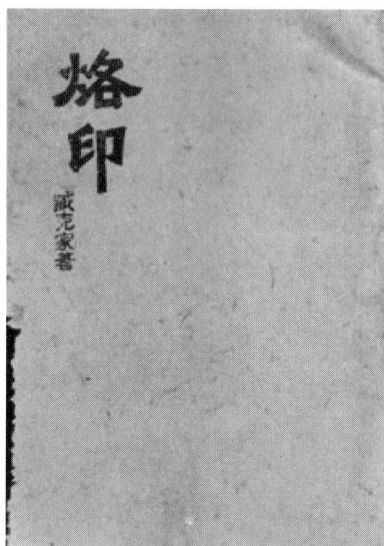

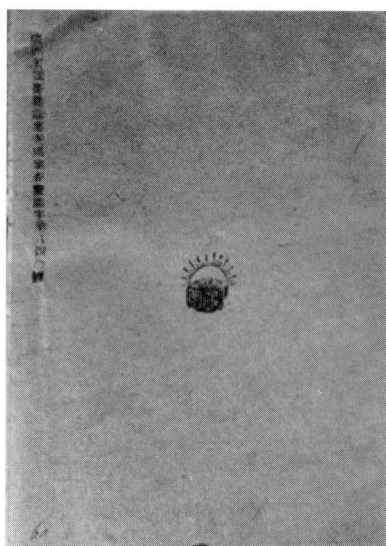

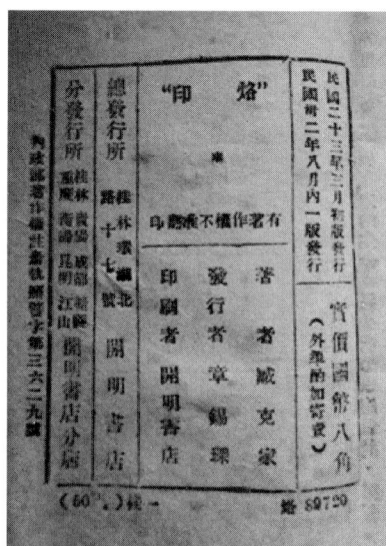

1943 年 8 月内一版发行

开明书店分店

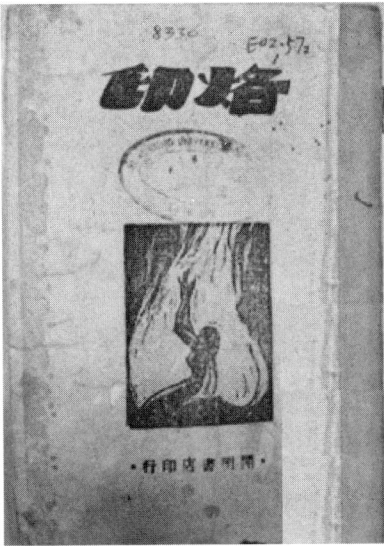

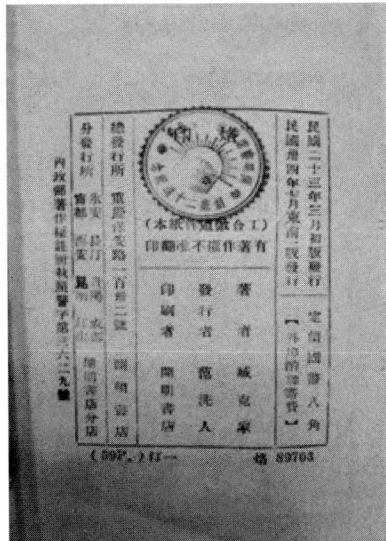

1945 年 7 月东南一版发行

开明书店分店

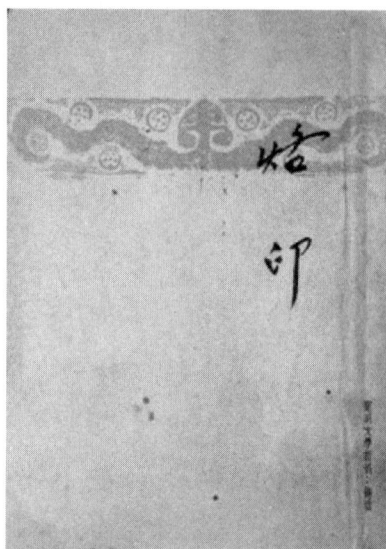

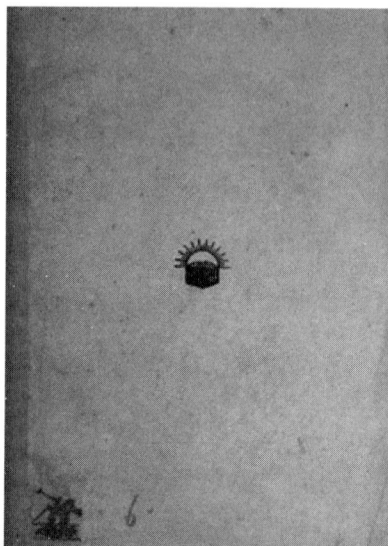

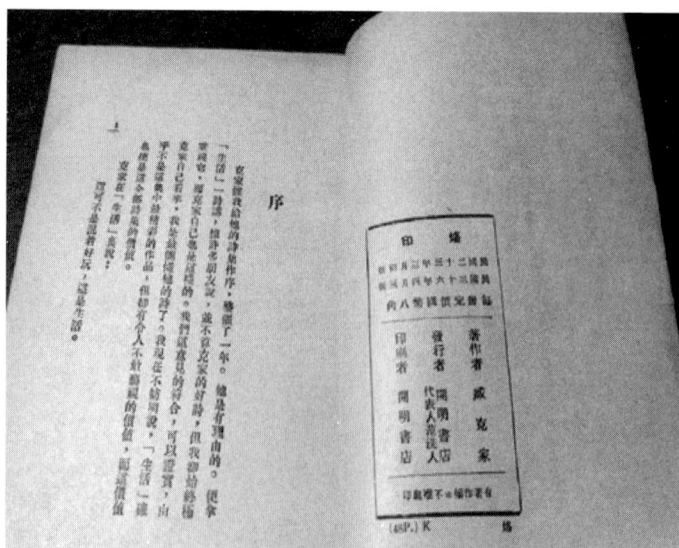

1947 年 4 月三版

开明书店

目　录

序 / 001

难民 / 005

忧患 / 008

希望 / 010

生活 / 013

烙印 / 016

天火 / 018

失眠 / 020

像粒砂 / 021

变 / 022

不久有那么一天 / 024

万国公墓 / 026

都市的夜 / 028

老马 / 030

老头儿 / 031

老哥哥 / 033

炭鬼 / 036

神女 / 039

当炉女 / 041

洋车夫 / 043

贩鱼郎 / 044

渔翁 / 046

歇午工 / 048

到都市去 / 050

号声 / 053

逃荒 / 055

都市的夜 / 057

再版后志 / 060

序

克家催我给他的诗集作序，整催了一年。他是有理由的。便拿"生活"一诗讲，据许多朋友说，并不算克家的好诗，但我始终却极重视它，而克家自己也是这样的。我们这意见的符合，可以证实，由克家自己看来，我是最能懂他的诗了。我现在不妨明说，"生活"确乎不是这集中最精彩的作品，但却有令人不敢亵视的价值，而这价值也便是这全部诗集的价值。

克家在"生活"里说：

> 这可不是混着好玩，这是生活。

这不啻给他的全集下了一道案语，因为克家的诗正是这样——不是"混着好玩"，而是"生活"。其实只要你带着笑脸，存点好玩的意思来写诗，不愁没有人给你叫好。所以作一首寻常所谓好诗，不是最难的事。但是，做一首有意义的，在生活上有意义的诗，却大不同。克家的诗，没有一首不具有一种极顶真的生活的意义。没有克家的经验，便不知道生活的严重。

> 一万支暗箭埋伏在你周边，

伺候你一千回小心里一回的不检点，

这真不是好玩的。然而他偏要

嚼着苦汁营生，
像一条吃巴豆的虫。

他咬紧牙关和磨难苦斗，他还说，

同时你又怕克服了它，
来一阵失却对手的空虚。

这样生活的态度不够宝贵的吗？如果为保留这一点，而忽略了
一首诗的外形的完美，谁又能说是不合算？克家的较坏的诗既
具有这种不可亵视的实质，他的好诗，不用讲，更不是寻常的
好诗所能比拟的了。

所谓有意义的诗，当前不是没有。但是，没有克家自身的"嚼
着苦汁营生"的经验，和他对这种经验的了解，单是嚷嚷着替
别人的痛苦不平，或怂恿别人自己去不平，那至少往往像是一
种"热气"，一种浪漫的姿势，一种英雄气概的表演，若更往坏
处推测，便不免有伤厚道了。所以，克家的最有意义的诗，虽
是"难民"，"老哥哥"，"炭鬼"，"神女"，"贩鱼郎"，"老马"，"当
炉女"，"洋车夫"，"歇午工"，以至"不久有那么一天"和"天火"

等篇，但是若没有"烙印"和"生活"一类的作品作基础，前面那些诗的意义便单薄了，甚至虚伪了。人们对于一件事，往往有追问它的动机的习惯（他们也实在有这权利），对于诗，也是这样。当我们对于一首诗的动机（意识或潜意识的）发生疑问的时候，我很担心那首诗还有多少存在的可能性。读克家的诗，这种疑问永不会发生，为的是有"烙印"和"生活"一类的诗给我们担保了。我再从历史中举一个例。作"新乐府"的白居易，虽嚷嚷得很响，但究竟还是那位香山居士的闲情逸致的冗力（Surplus energy）的一种舒泻，所以他的嚷嚷实际只等于猫儿哭耗子。孟郊并没有作过成套的"新乐府"，他如果哭，还是为他自身的穷愁而哭的次数多，然而他的态度，沉着而有锋棱，却最合于一个伟大的理想的条件。除了时代背景所产生的必然的差别不算，我拿孟郊来比克家，再适当不过了。

谈到孟郊，我于是想起所谓好诗的问题（这一层是我要对另一种人讲的！）。孟郊的诗，自从苏轼以来，是不曾被人真诚的认为上品好诗的。站在苏轼的立场上看孟郊，当然不顺眼。所以苏轼诋毁孟郊的诗，我并不怪他。我只怪他为什么不索性野蛮一点，硬派孟郊所作的不是诗，他自己的才是。因为这样，问题倒简单了。既然他们是站在对立而且不两立的地位，那么，苏轼可以拿他的标准抹杀孟郊，我们何尝不可以拿孟郊的标准否认苏轼呢？即令苏轼和苏轼的传统有优先权占用"诗"字，好了，让苏轼去他的，带着他的诗去！我们不要诗了。我们只要生活，生活磨出来的力，像孟郊所给我们的。是"空螯"也好，是"蜇吻涩齿"或"如嚼木瓜，齿缺舌敝，不知味之所在"也好，我们还是要吃，因为那才可以磨练我们的力。那怕是毒药，我们更该吃，只要它能增加我们的抵抗力。至于苏轼的丰姿，苏轼的天才，如果有人不明白那都是笑话，是罪孽，早晚他自然明白了。早晚诗也会

　　　　扣一下脸，来一个奇怪的变！

一千余年前孟郊已经给诗人们留下了预言。

　　克家如果跟着孟郊的指示走去，准没有错。纵然像孟郊似的，没有成群的人给叫好，那又有什么关系？反正诗人不靠市价做诗。克家千万不要忘记自己的责任。

　　　　　　　　民国二十二年七月闻一多谨识。

难民 ①

日头堕到鸟巢里，

黄昏还没溶尽归鸦的翅膀，

陌生的道路，② 无归宿的薄暮，

把这群人度到这座古镇上。

沉重 ③ 的影子，④ 扎根在大街两旁，

一簇一簇，⑤ 像秋郊的禾堆一样，

静静的，孤寂的，支撑着一个大的凄凉。⑥

满染 ⑦ 征尘的古怪的服装，

告诉了他们的来历，

一张一张兜着阴影的脸皮，

说尽了他们的情况。

螺丝的炊烟牵动着一串亲热的眼光，

---

① 此诗发表于《新月》1933 年第 4 卷第 7 期，第 7—9 页。初版本与自印本内容相同。

② 1945 年版此处无标点。

③ 初刊本"沉重"为"重大"。

④ 初刊本此处无标点。

⑤ 初刊本此处无标点。

⑥ 初刊本"支撑着一个大的凄凉"另起一行，且句末标点为"，"。

⑦ 初刊本"满染"为"染着"。

在这群人心上抽出了一个不忍的想像：①

"这时，黄昏②正徘徊在古树梢头，

③从无烟火的屋顶慢慢的涨大④到无边，

接着，阴森的凄凉吞了可怜的故乡。"

铁力的疲倦，⑤连人和想像一齐推入了朦胧，

但是，⑥更猛烈的饥饿立刻又把他们牵回了异乡。

像一个天神从梦里落到这群人身旁，

一只灰色的影子，手里亮出一支长枪，

一个小声，⑦在他们耳中开出天大的响⑧：

"年头不对，不敢留生人在⑨镇上。⑩"

"唉！人到那里灾荒到那里！"⑪

一阵叹息，黄昏更加了苍茫。

一步一步，⑫这群人走下了大街，

走开了这⑬异乡，⑭

---

①1943年版及1945年版此处标点为"；"。

②初刊本"黄昏"为"太阳"。

③初刊本此处有"黄昏"。

④初刊本无"大"。

⑤初刊本此处无标点。

⑥初刊本此处无标点。

⑦初刊本此处无标点。

⑧初刊本"响"为"声响"。

⑨初刊本此处有"这"。

⑩初刊本此处标点为"！"，且在引号外。

⑪初刊本此句为"唉！人到那里，灾荒到那里！"，且句末感叹号在引号外面。

⑫初刊本此处无标点。

⑬初刊本无"这"。

⑭初刊本此句与上一句为一行。

小孩子的哭声乱了大人的心肠，

铁门的响声截断了最后一人的脚步，

这时，黑夜爬过了古镇的围墙。①

　　　　　　　　二，一九三二，古琅琊。②

---

① 初刊本此处无标点。

② 初刊本写作时间为"癸酉元旦于古琅琊。"。

忧患 ①

应当感谢我们的仇敌。

他可怜你的灵魂快锈成了泥，

用炮火叫醒你，

冲锋号鼓舞你，

把刺刀穿进你的胸，

叫你红血绞着② 心痛，你死了，

心里含着一个清醒。③

应当感谢我们的仇敌。④

他看见你的生活太不像样子，

一只手用上力，

推你到忧患里，

好让你自己去求生，

---

① 此诗初刊于《文艺月刊》1932 年第 3 卷第 3 期，第 321 页。再刊于《国闻周报》1932 年第 9 卷第 38 期，第 2 页。初版本及 1945 年版与自印本内容相同。

② 初刊本"绞着"为"汛着"。

③ 1945 年版此处不分节。

④ 初刊本句末标点为"，"。

你会心和心紧靠拢，组成力，

促生命再度的^①向荣。

三，一九三二。^②

---

① 再刊本无"的"。

② 再刊本写作时间为"三，一九三二，于青岛万年兵营。"；1945 年版为"三，一九三一。"。

希望①

自从宇宙带来了缺陷，

人类为了一种想念发狂，

精神上化出了一②个影像，

那就是你——美丽的希望。③

在沙漠上，疲倦困住了旅客的心，

他们的脚下坠着沉重，

一步一步趋近④黑昏⑤，

拖不动自己高大的影。⑥

这时⑦你是一泉清水，

远远的⑧放出一点清响⑨，

这声响才触到焦灼⑩的心上，

---

① 此诗发表于《文艺月刊》1932年第3卷第5、6期，第729—730页。初版本与自印本内容相同。

② 初刊本无"一"。

③ 初刊本此句及以上部分为第一小节。

④ 初刊本"趋近"为"走进"。

⑤ "黑昏"系误植，初刊本、初版本及1945年版为"黄昏"；1943年版缺此页，未纳入汇校。

⑥ 初刊本此句及以上三句为第二小节。

⑦ 初刊本"这时"为"在这时，"。

⑧ 初刊本无"的"。

⑨ 初刊本"清响"为"声响"。

⑩ 初刊本"焦灼"为"枯焦"。

他们即刻周身注满了力量！ ①

在暗 ② 夜里，你是一 ③ 星萤火，

拖着点诱惑的光，

在无边的黑影中 ④ 隐现，

你到底是真实还是虚幻？

原来 ⑤ 没有一定的形象，

从人心上你偷了个模样。 ⑥

现实 ⑦ 在你后面，像参星向辰星赶，

当中永远隔一 ⑧ 个黑夜，

在晨光中，参瞅白了眼，

望不见辰在天的那边。 ⑨

你把人类脸前安上个明天，

他们现在苦死了也不抱怨，

你老是发着美丽的大言，

⑩ 从来不知道什么叫红脸。 ⑪

人类追着你的背影乞怜，

---

① 初刊本句末标点为"。"，且此句及以上三句为第三小节。

② 初刊本无"暗"。

③ 1945年版删除"一"。

④ 初刊本"中"为"里"。

⑤ 初刊本"原来"前有"你"。

⑥ 初刊本此句及以上五句为第四小节。

⑦ 初刊本"现实"为"人类"。

⑧ 初刊本"一"为"着"。

⑨ 初刊本此句及以上三句为第五小节。

⑩ 初刊本此处有"你"。

⑪ 初刊本此句及以上三句为第六小节。

你曾不给他们一次圆满，

他们掩住口老① 不说厌倦，

你挟着他们的心永远向前。②

你也可以骄傲的自夸：

"我的遗迹造成了现世的荣华。③"

你再加一句自谦："这算了什么，

前面的一切更叫你惊讶！④"

我们情愿痴心听从你，⑤

脸前的丑恶不拿它当回事，

你是一条走不完的天桥，

从昨天度⑥ 到今天，从今天再⑦ 度到明朝。

十，一九三二。⑧

---

① 初刊本"老"为"永"。

② 初刊本此句及以上三句为第七小节。

③ 初刊本此处标点为"，"，且在引号外。

④ 初刊本"！"在引号外，且此句与上一句为一行。

⑤ 初版本此处无标点。

⑥ 初刊本"度"为"渡"。

⑦ 初刊本"从今天再度"为"再从今天渡"，且此句另起一行。

⑧ 初刊本写作时间为"七，一九三二，于相州"。

生活①

这可不是混着好玩，这是生活，

一万支暗箭埋伏在你周边，

伺候② 你一千回小心里一回的不检点，

灾难是天空的星群，③

它的光辉④ 拖着你⑤ 的命运。

希望是乌云缝里的一缕太阳，

是病人⑥ 眼中最后的灵光，

然而人终须把它⑦ 来自慰，

谁肯推自己到绝境的可怜？

过去可喜的一件件⑧，

（说不清是真还是幻）

---

① 此诗发表于《文艺月刊》1933年第4卷第1期，第55—56页。

② 初刊本"伺候"为"专瞅"。

③ 初刊本此句为"灾难多过天上的星群，"。

④ 初刊本"光辉"为"光波"。

⑤ 初刊本"你"为"人"。

⑥ 初刊本"病人"为"死人"。

⑦ 初刊本无"它"。

⑧ 初刊本、初版本及1945年版"一件件"为"一件一件"，且初刊本句末标点为"——"。

是 ① 一道残虹染在西天 ②，

记来全是黑影一片，③

惟有这是真实，为了生活的挣扎 ④

留在你心上的沉痛。

它会教你从棘针尖上去认识人生，

从一点声响上抖起你的心，

（那怕是春风吹着春花）

像一员武士 ⑤ 在嘶马声里 ⑥ 想起了战争。⑦

那你 ⑧ 再不会合上眼对自己 ⑨ 说：

"人生是一个 ⑩ 无据的梦。"

更不会 ⑪ 蒙冤似的不平，

给蚊虫叮一口，便轻口吐出那一大串诅咒。

在人生的剧幕 ⑫ 上，你既是被排定的一个角色，

就当拼命的来一个痛快，

---

① 初刊本无"是"。

② 初刊本"西天"为"晚天"。

③ 初刊本此处标点为"！"。

④ 初刊本、1943 年版及 1945 年版此处有"，"。

⑤ 初刊本"一员武士"为"一个战士"。

⑥ 初刊本"里"为"中"。

⑦ 1943 年版及 1945 年版"战争"为"战"，"争"为脱字，据臧克家先生之女郑苏伊女士提供的 1943 年版《烙印》原本，此处有作者亲笔添上去的"争"，可见此处应为印刷原因漏掉了"争"；1943 年版及 1945 年版"。"为"，"。

⑧ 初刊本"那你"为"这样，你。"。

⑨ 初刊本此处有"的"。

⑩ 初刊本"一个"为"一场"。

⑪ 初刊本此处有"像"。

⑫ 初刊本"剧幕"为"场合"。

叫人们的脸色随着 ① 你的悲欢涨落，

就连你自己也要忘了这是作戏。

你既胆敢闯进这人间，

有多大 ② 本领，不愁没处 ③ 施展，

当前的磨难就是你的对手 ④，

运尽气力去和它苦斗，⑤

累得你 ⑥ 周身的汗毛都撑着 ⑦ 汗珠，

但你 ⑧ 须咬紧 ⑨ 牙关不敢轻忽；⑩

⑪ 同时你又怕克服了它，

来一阵失却对手的空虚。

这样，⑫ 你活着 ⑬ 带一点倔强，

尽多苦涩，苦涩中有你独到的真味 ⑭。

四，一九三三。⑮

---

① 初刊本"随着"为"逐着"。

② 初刊本"多大"为"天大的"。

③ 初刊本"没处"为"没法"。

④ 初刊本"对手"为"敌手"。

⑤ 初刊本此处标点为"！"。

⑥ 初刊本无"你"。

⑦ 初刊本、初版本、1943 年版及 1945 年版"撑着"为"攀着"。

⑧ 初刊本无"你"。

⑨ 初刊本"咬紧"为"咬住"。

⑩ 初刊本此处标点为"，"，且此句下面还有一句，为"（那你立刻便成了俘虏）"。

⑪ 初刊本此处有"然而，"。

⑫ 初刊本此处无标点。

⑬ 初刊本此处有"，"。

⑭ 初刊本"真味"为"深味"。

⑮ 初刊本无写作时间。

烙印

生怕回头向过去望，
我狡猾的说"人生是个谎"，
痛苦在我上①打个印烙，
刻刻警醒我这是在生活。

我不住的抚摩这印烙，
忽然红光上灼起了毒火，
火花里迸出一串歌声，
件件唱着生命的不幸。

我从不把悲痛向人诉说，
我知道那是一个罪过，
浑沌的活着什么也不觉，
既然是谜，就不该把底点破。

我嚼着苦汁营生，

---

① "我上"系漏排"心"字，初版本、1943年版及1945年版为"我心上"。

像一条吃巴豆的虫，

把个心提在半空，

连呼吸都觉得沉重。

一九三二

天火 ①

你把人生夸得那样美丽，
像才从柯上摘下来的，
在上面驰骋你灵幻的光，
画上一个一个梦想。

这你也可以说是不懂：②
浓云把闷气写在天空，
蜻蜓成群飞，带着无聊，
那是一个什么征兆。

一个少女换不到一顿饭吃，
人肉和猪肉一样上了市，
这事实真惊人又新鲜，
你只管掩上眼说没看见。

我知道你什么都谙熟，

---

① 此诗初版本及 1945 年版与自印本内容相同。
② 1945 年版此处标点为"；"。

为了什么才装做糊涂，
把事实上盖上只手，
你对人说：“什么也没有。”

人们有一点守不住安静，
你把他斫头再加个罪名，
这意义谁都看清，
你要从死灰里逼出火星。

不过，到了那时你得去死，
宇宙已经不是你的，
那时火花在平原上灼，
你当惊叹：“奇怪的天火！”

一九三二

失眠 ①

听不到罪恶的喧嚷，

也捉不到一点光，

血淋淋的我那颗心，

在黑影的 ② 浓处发亮。

模 ③ 糊的一切 ④ 悲哀——⑤

无声的雨点打来，

一圈一圈黯淡的花朵，

向无边的远方开。

六，一九三二。⑥

---

① 此诗发表于《新月》1932年第4卷第5期，第52页。

② 初刊本无"的"。

③ 初刊本"模"为"抹"。

④ 初刊本、初版本及1945年版"切"为"片"。

⑤ 初刊本此处标点为"，"。

⑥ 初刊本无写作时间。

像粒砂 ①

像粒砂，风挟你飞扬，

你自己也不知道 ② 要去的地方，

不要记住你还有力量，

更不要提起你心里的那个方向。

从太阳冒红，你就跟了风，

直到黄昏抛下黑影，

这时，③ 天上不缀一颗星，

你可以抱紧 ④ 草根静一静。

三，一九三二。⑤

---

① 此诗发表于《新月》1932 年第 4 卷第 5 期，第 51—52 页。初版本、1943 年版及 1945 年版与自印本内容相同。

② 初刊本无"道"。

③ 初刊本此处无标点。

④ 初刊本"抱紧"为"抱住"。

⑤ 初刊本无写作时间。

变 ①

当我的生命嫩的像花苞，

每样东西都朝着我发笑，

（现在不忍一件一件从头数了。②）

那时活着，③ 像流水穿过花间，

拉长了一条④ 希望的白链，⑤

那时只顾赶着好玩，

一颗小心飞在半天，

谁记⑥ 清枉抛了欢情多少？

还有不值钱的笑。

这确乎⑦ 不是才滚下了梦缘，

前日⑧ 东西怎么全变了脸？⑨

回头看自己年华的光辉，

---

① 此诗发表于《创化》1932 年第 1 卷第 1 期，第 69 页。
② 初刊本此处标点为"！"。
③ 初刊本此处无标点。
④ 初刊本"一条"为"一串"。
⑤ 初刊本"白链，"为"金链；"。
⑥ 初刊本"记"为"计"。
⑦ 初刊本"确乎"为"确实"。
⑧ 初版本、1943 年版及 1945 年版此处有"的"。
⑨ 初刊本此处标点为"，"；初版本此处无标点。

颜色褪到了可怜的惨白，

低头我 ① 在黑影中哭着找——

半截的心弦上挂满了心跳，

然而我还有勇气往下看，

我 ② 拭干眼泪瞅着你们变。

二，一九三二。

---

① 初刊本"我"置于"低头"前。
② 初刊本无"我"。

不久有那么一天

不要管现在是怎样，等着看，

不久有那么一天，

宇宙扪一下脸，来一个奇怪的变！

天空耀着一片白光，

黑暗吓得没处躲藏，

人，长上了翅膀，带着梦飞，

赛过白鸽翻着清风，

到处响着浑圆的和平。

丑恶失了形，美丽慌张着

找不到自己的影，

偶然记起前日的人生，

像一个超度了的灵魂 ①

追忆几度轮回以前的秽形。

不过，现在你只管笑我愚，

就像笑这样一个疯子，

他说："太阳是从西天出，

---

① 1943 年版及 1945 年版此处有"，"。

黄河的水是清的。"

这话于今叫我拿什么证实？

阴天的地上原找不出影子，

但请你注意一件事：

暗夜的长翼底下，

伏着一个光亮的晨曦。

一九三一冬 ①

---

① 初版本写作时间为"一九三一，冬。"；1943年版及1945年版无写作时间。

万国公墓 ①

或许活着时都不相理，

现在一同飘零在这里，

不是陌生，也没有嫌恶，

这坟上花开向② 那坟去。

石碑在坟前，上面细镌，

生前的荣华指给人看，

苍苔慢慢儿藏③ 起字迹，

他不曾有心起来争执。

有的光就是黄土一坏④，

渺小也⑤ 不会教他伤悲，

像是有意把身世沉埋，

守着一个永恒的自在。

---

① 此诗发表于《创化季刊》1933 年第 1 卷第 1 期，第 11 页。

② 初刊本、初版本、1943 年版及 1945 年版"向"为"上"。

③ 初刊本"藏"为"盖"。

④ 初刊本"坏"为"堆"；"坏"疑为误植，从自印本到之后的各个版本均为"抔"。

⑤ 初刊本无"也"。

头顶的春鸟叫得① 多好，

再也不能引逗你们笑，

月下的秋虫叫的② 多悲，

也不能催落③ 你们的泪。

你们也曾活在世界上④，

曾经是朋友或是仇敌，

现在泥封了各人的口，

有话也只好⑤ 闷在心头。

五，一九三二。⑥

---

① 初刊本"叫得"为"唱的"。

② 初版本、1943 年版及 1945 年版"的"为"得"。

③ 初刊本无"落"。

④ 初刊本"上"为"里"。

⑤ 初刊本"只好"为"只得"。

⑥ 初刊本写作时间为"一二，五，一九卅于青岛万国公墓之侧。"。

都市的夜

一队一队，大的小的灯花，

争开着兴奋的光亮，

像一群月亮，满天星，

飞下了碧空来衬①人的高兴。

幽灵一般的人群，各自驮一只空壳，

杂沓的，飘忽的，渡过这银色的光波，

有如海底的银鱼给月光刺醒了，

拖着只影子惊慌的飞跑，

像向着什么急赶，

又像什么追迹②在后面。

一座银行庄严的阴影，

像一只巨熊卧在当路，

有个人影，和着梦，

溶在这狰狞的黑影深处。

那仿佛是一个年青的姑娘，

露珠闪耀在飘荡的发上，

---

① 初版本、1943 年版及 1945 年版"衬"为"趁"。
② 初版本、1943 年版及 1945 年版"迹"为"踪"。

破烂的衣角在风前摆动，

像一群黑蝴蝶要冲入光明。

在他① 眼里，光亮中的一切全是虚幻？

你瞧，对着这样的繁华她闭上了眼！

让那边的月光在人们的腮上发亮，

睡梦中，她怯懦的守住一条黑线。

曙色照破了都市的夜景，

担起一个沉重的宇宙，她醒了一场梦了②。

二，一九三三。

---

① 初版本、1943 年版及 1945 年版"他"为"她"。
② 初版本、1943 年版及 1945 年版删除"了"。

老马 ①

总得叫大车装个够，

他横竖不说一句话，

背上的压力往肉里扣，

他把头沉重的垂下！

这刻不知道下刻的命，

他有泪只往心里咽，

眼里飘来一道鞭影，

他抬起头望望前面。

四，一九三二。

---

① 此诗初版本、1943 年版及 1945 年版与自印本内容相同。

老头儿

这样一个老头儿，
该是向炉火炙着闲适的时候了，
看他在这深巷中乱跑，
冷风吹着白须飘摇。

从这头刚跑到那头，
原步又把他度回来了，
脚尖上挟着神奇的狂暴，
像无处可去，宇宙太小了。

他口里一劲的唧哝，
像破芦管摩擦着西风，
唧哝的样子真像是诅咒，
但是，什么触怒了这老头？

天是太冷，他在诅咒风？
不就是诅咒自己太老了，
可惜没有人能够听清，

不然，定能找出更辣的真情。

有人说，这老儿① 莫非是疯了，

大冷的晚上，怎么不歇在家里？

这可没有谁知道，

也许他真是疯了。

一个老头儿在黑巷中乱跑，

冷风吹着他的白须飘摇，

他口里一劲的唧哝，

可惜没人能够听清。

一二，一九三二。

---

① 初版本、1943 年版及 1945 年版"老儿"改为"老头"。

老哥哥①

"老哥哥，翻些② 破衣裳③ 干吗？④

快把它堆到坑角里⑤ 去好了。"

"小孩子，不要闹，时候已经不早了！⑥"

（你不见日头快给⑦ 西山接去了？）

"老哥哥，⑧ 昨天晚上你⑨ 不是应许

今天说个更好的故事吗？"

"小孩子，这时⑩ 你还叫我说什么呢？"

（这时⑪ 你叫他从那儿说起？）

"老哥哥，你这刹对⑫ 我好，

---

① 此诗发表于《文艺月刊》1932年第3卷第3期，第321—323页。初版本与自印本内容相同。

② 初刊本"些"为"着"。

③ 初刊本"衣裳"为"衣服"。

④ 1945年版句末标点为"，"。

⑤ "坑"系误植，应为"炕"，初刊本"坑角里"为"炕角"；初版本、1943年版及1945年版"坑角里"为"炕角里"。

⑥ 初刊本此处标点为"。"。

⑦ 初刊本"给"为"叫"。

⑧ 初刊本此处无标点。

⑨ 初刊本"你"置于"昨天"前。

⑩ 初刊本此处有"，"。

⑪ 初刊本"这时"为"这时候"。

⑫ 初刊本"对"为"待"。

大了我 ① 赚钱养你的老。"

"小孩子，你爸爸小时也曾这样说了。"

（现在赶他走不算错，小时的话那能当真呢。②）

"老哥哥，没听说你有亲人，

你也有一个家吗？"

"小孩子，你这儿不是我的家呀！"

（你问他的家有什么意思？）

"老哥哥，你才到俺 ③ 家时，我爸爸 ④

不是和我这时一样高？"

"小孩子，你问些这个干什么？"

（过去的还提它干什么？）

"老哥哥，你为什么不和以前一样 ⑤

好好哄我玩了 ⑥ ？"

"小孩子，是谁不和以前一样了？"

（这，⑦ 你该去 ⑧ 问问你的爸爸。⑨）

"老哥哥，傍落日头了，牛饿的叫，

---

① 初刊本"大了我"为"我大了，"。

② 初刊本此处标点为"！"。

③ 初刊本"俺"为"我"。

④ 初刊本"我爸爸"与下一句为一行。

⑤ 初刊本此处有"，"。

⑥ 初刊本此句为"好好的和我玩了"。

⑦ 初刊本此处无标点。

⑧ 初刊本无"去"。

⑨ 初刊本此处标点为"！"。

你快去喂它把草。^①"

"小孩子，你放心，牛不会饿死的呀！"

（能喂牛的人不多的很^②吗？）

"老哥哥，快不收拾吧^③，你瞧^④屋里全黑了，

快些去把大门关好^⑤。"

"小孩子，不要催，我就收拾好了。"^⑥

（他走了，你再叫别人把大门关好。）

"老哥哥呀，^⑦你……^⑧你怎么背着东西走了？

我去和我爸爸说。^⑨"

"小孩子，不要跑，你爸爸最先知道。"

（叫他走了吧，他已经^⑩老的没用了！）

三，一九三二。^⑪

---

① 初刊本"喂它把草。"为"喂喂它吧！"。

② 初刊本"很"为"狠"。

③ 初刊本为"不要收拾了"。

④ 初刊本"瞧"为"看"。

⑤ 初刊本为"快把大门去关好吧"。

⑥ 初刊本此句及下一句为"（你不要催，他这就走，你再叫别人把大门关好！）"。

⑦ 初刊本此处标点为"…"。

⑧ 初刊本无"你……"。

⑨ 初刊本此处标点为"！"；1945年版删除第二个"我"。

⑩ 初刊本无"经"。

⑪ 初刊本写作时间为"四、一九三二。"。

炭鬼 ①

鬼都望着 ② 害怕的黑井筒，
真奇怪，偏偏有人活在里边，
未进去之先，还是亲手用指印
在生死文书上写着情愿。

没有日头和月亮，
昼夜连成了一条线，
③ 活着 ④ 专为了和炭块 ⑤ 对命，⑥
是几时结下了不解的仇怨？

他们的脸是暗夜的天空，
汗珠给它流上条银河，

---

① 此诗发表于《文艺月刊》1933 年第 3 卷第 9 期，第 1230—1232 页。

② 初刊本"望着"为"望见"。

③ 初刊本此处有"他们"。

④ 初刊本此处有"，"。

⑤ 初刊本"炭块"为"炭鬼"。

⑥ 初刊本此处标点为"；"。

放射光亮 ① 的一双 ② 眼睛，
像两个 ③ 月亮在天空闪烁 ④ 。

你不要愁这样的日子没法消磨， ⑤
他们的生命随时可以打住：
魔鬼在壁峰上点起天火，
地下的神水突然涌出。

他们 ⑥ 不曾把 ⑦ 死放在心上，
常拿伙伴的惨死说着玩，
他们把死后的抚恤 ⑧
和妻子的生活连在一起看。

他们也有个快活的时候，
当白干直向 ⑨ 喉咙里灌，
一直醉成一朵泥块，
黑花便在梦里开满。

---

① 初刊本"光亮"为"光辉"。
② 初刊本"一双"为"两只"。
③ 初刊本"两个"为"一对"。
④ 初刊本"天空闪烁"为"天上灼烁"。
⑤ 初刊本此句为"你不用愁他们的日子无法消磨，"。
⑥ 初刊本此处有"像"。
⑦ 初版本、1945年版"不曾把"为"曾不把"。
⑧ 初刊本此处有"，"。
⑨ 初刊本"向"为"朝"。

别看现在他们 ① 比猪还蠢，

有那一天，心上迸出个突然的 ② 勇敢，

捣碎这黑暗的囚牢，

头顶落下一个光天。

五，一九三二。③

---

① 初刊本"现在他们"为"他们现在"。

② 初刊本"迸出个突然的"为"突然迸出个"。

③ 初刊本及 1945 年版无写作时间。

神女 ①

天生一双轻快的脚，

风一般的往来周旋，

细的香风飘在 ② 衣角，

她 ③ 衣上的花朵开满了爱恋。

（她从 ④ 没说过一次疲倦。）

她会用巧妙的话头，

敲出客人苦涩的欢喜，

她更会用无声的眼波，

给人的心涂上甜密 ⑤。

（她从 ⑥ 没吐过一次心迹。）

红色绿色的酒，

---

① 此诗发表于《文艺月刊》1933 年第 3 卷第 12 期，第 1687—1688 页。

② 初刊本无"在"。

③ 自印本"她"为误植；初版本、1943 年版及 1945 年版"她"为"地"。

④ 初刊本"从"为"曾"。

⑤ 初刊本、初版本、1943 年版及 1945 年版"密"为"蜜"。

⑥ 初刊本"从"为"曾"。

开① 一朵春花在她脸上，

肉的香气② 比酒还醉人，

她的青春火一般的狂旺。

（青春跑的多快，她没暇③ 去想。）

她的喉咙最适合④ 歌唱，

一声一声打的你心响，

欢情，悲调，什么都会唱，

只管说出你的愿望。

（她自己的歌从来不唱。）

她独自支持着一个孤夜，

灯光照着四壁幽怅，

记忆从头一齐亮起，⑤

嘘⑥ 一口气，她把眼合上。

（这时，⑦ 宇宙⑧ 只有她自己。）

一九三三元旦⑨

① 初版本"开"为"由"。

② 初刊本"香气"为"香味"。

③ 初刊本"没暇"为"无暇"。

④ 初刊本"适合"为"合式"；初版本、1943年版及1945年版"适合"为"合适"。

⑤ 1945年版无标点。

⑥ 初刊本"嘘"为"长嘘"。

⑦ 1945年版此处无标点。

⑧ 初刊本"宇宙"为"人间"。

⑨ 初刊本写作时间为"廿二年元旦"；初版本、1943年版及1945年版为"一九三三，元旦。"。

当炉女 ①

去年，什么都是他一手担当，

喉咙里，痰呼呼的响，

应和着手里的风箱，②

她坐在门槛上 ③ 守着安详，

小儿在怀里，大儿在腿上，

她眼睛里笑出了 ④ 感谢的灵光。

今年，是她亲手拉 ⑤ 风箱，

白绒绳拖在散乱的发上，

大儿捧住水瓢蹀躞着分忙，

小儿在地上打转，哭的发了狂，

---

① 此诗发表于《现代》（上海 1932）1932 年第 2 卷第 2 期，第 247 页。

② 初刊本此处标点为"。"。

③ 初刊本此处有"，"，且"门槛"为"门限"。

④ 初刊本无"了"。

⑤ 初刊本"亲手拉"为"拉着"。

她眼盯住 ① 他，手却不停放，

敢果咬住 ② 牙根："什么都 ③ 由我承当！"

八，一九三二。④

---

① 初刊本"盯住"为"盯着"。
② 初刊本"咬住"为"咬着"。
③ 初刊本"什么都"为"生活"。
④ 初刊本及 1945 年版无写作时间。

洋车夫 [①]

一片风啸湍激在林梢，

雨从他鼻尖上大起来了，

车上一盏可怜的小灯，

照不破四周的黑影。

他的心是个古怪的谜，

这样的风雨全不在意，

呆着像一集 [②] 水淋鸡，

夜深了，还等什么呢？

一九三二

---

① 此诗发表于《文学》（上海 1933）1933 年第 1 卷第 4 期，第 578 页。初刊本诗末有写作时间及地点，为"一九三二年在青岛。"初刊本、初版本及 1945 年版与自印本内容相同。

② "集"系误植，应为"只"，初刊本、初版本、1943 年版及 1945 年版"集"为"只"。

贩鱼郎 ①

鱼在残阳中闪 ② 金光，

大家的眼亮在鱼身上，

秤杆在他手底一上一下，

他的脸是一句苦话。

人们提着鱼散了阵，

把他剩 ③ 给了黄昏，

两只空筐 ④ 朝他看，

像一双失望的眼。⑤

"天大的情面借来的本钱，

末了赚回了 ⑥ 不够一半，

早起晚眠那 ⑦ 不敢抱怨，

---

① 此诗发表于《文学》（上海 1933）1933 年第 1 卷第 4 期，第 578 页。初版本与自印本内容相同。

② 初刊本此处有"着"。

③ 初刊本"剩"为"丢"。

④ 初刊本"两只空筐"为"一双筐子"。

⑤ 初刊本此句为"像两只空虚的眼。"。

⑥ 初刊本"赚回了"为"挣回来"。

⑦1945 年版"那"为"都"。

本想在苦碗底捞顿饱饭。"

暗中潮起一阵腥气，
银元讥笑在他的手里，
双手拾起了空筐，当他想到：
家里① 挨着饿的希望。

四，一九三二。②

---

① 初刊本"家里"为"家中"。
② 初刊本写作时间为"一九三二于青岛。"。

渔翁 ①

一张古老的帆篷，

来去全凭着风，

大的海，一片荒凉，

到处飘泊到处是家。

老练的手 ②

不怕风涛大，

船头在浪头上 ③

冲起朵朵白花。

夕阳里载一船云霞，

静波上把冷梦泊下，

三月里披一身烟雨，

腊月天飘一蓑衣雪花。

一支橹，曳一道水纹，

驶入了深色的黄昏，

---

① 此诗初版本与自印本内容相同。
② 1945 年版此处有"，"。
③ 1945 年版此处有"，"。

在清冷的一弦星光上 ①

拨出一串寂寞的歌。

听不尽的涛声，

一阵大，一阵小——

饥困的吼叫，冷落的叹息

飘满海夜了。

死沉沉的海上，

亮着一点火，

那就是我的信号，

启示的不是神秘，是凄凉。

六,一九三三。

---

① 1943 年版及 1945 年版此处有 ","。

歇午工 ①

放下了工作，

什么都放下了，

他们要睡——

睡着了，

铺一面大地，

盖一身太阳，

头枕着一条 ② 疏淡的树荫，

这个的手 ③ 搭上了那个的胸膛。

一根汗毛，④

挑一颗轻容 ⑤ 的汗珠，

汗珠里 ⑥ 亮着坦荡的舒服。

阳光下，铁色的皮肤上 ⑦

开一大片白花，

---

① 此诗发表于《文艺月刊》1933 年第 4 卷第 2 期，第 35—36 页。

② 初刊本"头枕着一条"为"枕一条"，且此处断句为两行。

③ 初刊本此处断句为两行。

④ 初刊本无标点。

⑤ 初刊本"轻容"为"晶溶"；1943 年版及 1945 年版"容"为"盈"。

⑥ 初刊本此处断句为两行。

⑦ 1943 年版及 1945 年版此处有"，"；初刊本无"肤"。

粗暴的鼾声扣着

呼吸的均① 和。

沉睡的铁翅盖上了他们的心，②

连个轻梦也不许傍近，

等他们静静地

睡过这困人的正晌，

③ 爬起来，抖一下，

涌一身新的力量。

六，一九三三。④

---

① 初刊本、初版本、1943 年版及 1945 年版"均"为"匀"。
② 初刊本此句及以下两句为：
什么也惊不醒他们；
什么都不许惊醒这一群，
等静静的
③ 初刊本此处有"他们"。
④ 初刊本无写作时间。

到都市去 ①

小跛的影子，摇着大野的黄昏，

摇着孤灯下母亲的心，

这是第一遭他走没了门前的青山，

他欢喜，仿佛是逃开了灾难。

都市的影子

牵着他的小心飞，

用一枝想象的彩笔，

在上面乱涂些美丽的颜色。

他想：那儿一定也有青天，

青天上缀着一样的太阳，星星和月亮，

可是青天底下的一切安排，

全然是两个样。

那时，他再 ② 不是没用了，

山大的一盘机器，

灵动的在他的指尖上飞转，

---

① 此诗发表于《东方杂志》1933 年第 30 卷第 19 期，第 23 页。1943 年版及 1945 年版与初版本内容相同。

② 初刊本此处有"也"。

工作只是好玩，好玩着

度过这快活的时间。

那里日夜全是热闹一片，

一个人带一张幸福的脸，

晚上，全不需要月亮，

可是你能从地上认取毫芒，

你只管随意游走，一步是一个异境，

到处预备好了欢迎，

这真叫人奇怪，这张天空

就是盖着他故乡的那张天空。

他爬到摩天的楼上，

用北斗去测量他的家乡，

他愿化一只小鸟

把母亲的梦驮到这都市上，

那她便不会无稽的过虑，

像他临走时那① 一套嘱咐：

"孩子，你离开了家，我跟去了一个心，

听说机器比猛兽② 还凶，那不是玩，

一个人命会死在一点的不谨慎！

你数，从都市回来了几个人？

———————

① 初刊本"那"为"这"。

② 初刊本"猛兽"为"猛虎"。

回来的有几个不是一个瘦头挑两根瘦筋？ ①

孩子，我愿你回心转意，

能早回到家乡，

回来时还和去时一样。"

快乐飞在他的脚步上，

心里驰骋着美丽的想象，

黄昏没了他的影子，

口啸的幽韵在大野中荡漾。

五，一九三三。

---

① 初刊本"一个瘦头挑两根瘦筋？"另起一行。

号声

像狂叫的西风摧卷秋云，

这号声吹着这残夜，

打打地，打打地，

也吹动了我早醒了的心。

这声音我是听熟了的，

那是在战场上，

隔着雾，隔着云山，

趁这乍明还黑的顷刻，

用最凶的炮火夺取明天。

这刻又听到这声息，

我聆悟了一个伟大的启示！

它是火把，点亮了人心，

那些人向来是低着头，

在黑暗中紧咬住牙根；

它又像大声的耳语，

说破了什么，

打打地，打打地，一遍又一遍，

仿佛怕你不相信。

接着来了一阵狂烈的暴乱，

像倒泄了黄河，像翻了天①，

没有怯懦，没有怜悯，

这边一群冒火的眼睛

直射着对面的另外一群

短刀碰着短刀，那声响

是狂飙冲入了霜林？

刀尖上迸出了心底的火花，

照亮了黑夜，映出一个一个的血人！②

这是最后一次的战争，

谁也不肯叫不远的太阳

照着自己也照着敌人！

天亮了，我看见了个不同的早晨。

一道一道通红的阳光，

晃在一群工人

笼着汗气的笑脸上。

十一月，一日，一九三三。③

_____

①1943年版及1945年版无"天"，"天"为脱字，据臧克家先生之女郑苏伊女士提供的1943年版《烙印》原本，此处有作者亲笔添加的"天"，可见应为印刷原因漏掉了"天"。

②1945年版无"的血人！"，应为脱文。

③1945年版无写作时间。

逃荒

（报载：二百万难民忍痛出关，感成此篇）

几茎芦获摇着大野，

秋的宇宙是这么寥廓，

在这样寥廓的碧落下，

却没寸地容我们立脚！

一条无形的鞭子扬在身后，

驱我们走上这同样的路，

心和心像打通了的河流，

冲向天涯，挟着怒吼！

不要回头再一望家乡，

它身上负满了炮火的创伤，

（这炮火卑污的气息叫人恶心，

也该感谢，它重生了我们。）

横暴的锋锐入骨的毒辣，

大好田园灾难当了家。

没法再想：春大^① 半热的软土炙着脚心的痒痒，

① 此处及初版本"春大"均为误植，应为"春天"；1943 年版及 1945 年版"春大"为"春天"。

牛背上驮着夕阳；

过了一阵夏天的雨，

跑去田野听禾稼刷刷的长；

秋场上的谷粒在残阳中闪着黄金，

荒郊里剩半截禾梗磨着秋响；

严冬的炕头最是温柔，

妻子们围着一盆黄粱。

这一些，这一些早成了昨夜的梦，

今日的故乡另是一个模样。

一步一个天涯，我们在探险，

脚底下陷了冰窨①，说不定对面腾起青山。

我们没有同胞！上帝掌中的人们

不要在这些人身上浪费一声虚伪的嗟叹，

秋风倒有情，张起了尘帆，

一程又一程，远远的送着，

山海关的铁门一闭，

从此我们没了祖国！②

十一月，三日，一九三三。

---

① 此处及初版本"窨"均为误植，应为"窟"；1943年版及1945年版"窨"为"窟"。
②1943年版及1945年版此处标点为"。"。

都市的夜

（前有此作，嫌不尽致，再赋此篇）

挂满了网络的红丝，

这睁大着的一只兴奋的眼睛，

像被淫污过一万遍的女子。

浮肿的眼皮上兜不住平静。

天上找不到媚眼的群星，

没法指着北斗来定季候，

辨不清渺茫银河的一片静，

也看不见彤云拥着月亮走；

万点灯火在半空交流，

像无数的心脏在极度的跳动。

地上烧着地狱的火红，

是那么熊熊的一大片，

杂乱的影子各奔着生命，

脚跟仿佛怕沾着火焰。

一条一条火龙掠地飞腾，

带一点发急的吼吟；

斑斓① 的猛虎到处乱冲，

亮着一双可怕的眼睛；

八只马蹄拼命的向前，

顾不及负辙② 平衡的安详；

人力车最是笨重得可怜，

像一只蚂蚁曳一个螳螂。③

一片浮响兜着这都市，

是恶魔用复音作恶罪的宣扬。

这样古老的趣味

没法叫它的梦知道：

深巷里犬吠春星，

五更头一声鸡鸣，

轻梦缭绕着残了的灯花，

纺绩车上摇出的夜声。

舞场的彩灯亮得昏迷，

照着神仙瓢飘的羽衣④

歌声浮沉着醉了的心，

谁还想到这是在夜里？

工厂的机器转着人心，

---

①"斓"应为误植，初版本、1943 年版及 1945 年版"斓"均为"烂"，在臧克家先生之女郑苏伊女士提供的 1943 年版《烙印》原本中，郑母将其改为"斓"。

②1943 年版及 1945 年版"辙"为"辕"。

③1943 年版及 1945 年版此处标点为"，"。

④1943 年版及 1945 年版此处有"，"。

也奏着乐，那是轧轧的声音，

震得人灵魂像雨打浮萍，

一惚一恍在迷昏中摇荡。

这都市的夜真值得赞颂，

它是地狱又是天堂，

它还大量的不偏不倚，

流溢清歌，也不掩住 ① 滞 ② 塞的呼吸。

真想它来个痛快的暴炸 ③，

在死灰里找点静谧。

十一，一九三三。

---

① 1945 年版"不掩住"为"掩不住"。

② 1943 年版及 1945 年版"滞"为"窒"。

③ 1943 年版及 1945 年版"暴炸"为"爆炸"。

再版后志

这本书出世后的影响，是我意想所不及的。许多先进的作家和朋友给了我最夸大的鼓励，我欢喜，我也害怕。别人的彩是可以轻口喝的，可是自己最知道自己。我没有伟大的天才，别的缺陷也还多，虽然人生的苦水已喝得够酒①。因此，我的诗将来会结一个多大的果，怕只有天知道。

我曾有一个值得骄傲的青春，然而只是那么一闪，接着来的是无头的噩梦。这样，我流着酸泪写了《变》。后来革命思潮荡我到了武汉，在那儿打过前敌，把生命放在死上，终于在一个秋天我亡命到了塞外，从此脱离了革命战线卑污的活着，失败后的悲哀使我写了《像粒砂》。这一期是活在痛苦的矛盾中，不死的思想迫我写了《天火》《不久有那么一天》，虽然现在看起来，这两篇东西已经有点不切合更伟大的现实，②

老早心里为写诗定了个方针。第一要尽力揭破现实社会黑暗的一方面（于今看来，当然觉得这还不够）再就是写人生永久性的真理，《烙印》里的二十二篇诗，确也没出这个范围。写《洋车夫》《贩鱼郎》《老哥哥》……这些可怜的黑暗角落里的人群，

---

① "够酒"系初版时误植，应为"够久"。
② 此处","系初版时误植，应为"。"。

我都是先流过泪的，我对这些同胞，不惜我最大的同情，好似我的心和他们的连结在一起。

我写诗和我为人一样，是认真的。我不大乱写。常为了一个字的推敲一个人踱尽一个黄昏；为了诗的冲动，心终天的跳着，什么也没法做，饭都不能吃。有时半夜里诗思来了，便偷偷的燃起腊①来在破纸上走笔，这其中的趣味只有自己享受，然而这趣味也着实毁了我。我现在身子病着，心也病着，"心与身为敌"，我便是这样了。

人在年青的时候，什么都是生力的吸引，一近中年，仿佛一切全成了空。昔日认为生命把手的友谊，爱情，也都有点不稳。这时支持着我的惟一的力量便是诗！诗可以表现我的思想，可以寄托我的崛强与傲慢——对现在卑污社会的崛强与傲慢。②它能使我活的带点声响，能使我有与全世界恶势力为敌的勇气，它把我脸前安上个明天。我是忠实于它的，我能为它而死。

我讨厌神秘派的诗，也讨厌剥去外套露出骷髅的诗。我有一个野心，我想给新诗一个有力的生命。过去我是这么做的，虽然那只是初步。我愿做关西大汉敲着铁板唱大江东去！我过去的东西在思想上没有一条统一的路，有许多地方观察和表现都不够准确。形式方面也太觉局促。最近的笔似乎放开了些，思想也上了正路。我真希望自己将来再进一步能写一点更伟大的东西（老舍先生说我的诗是"石山旁的劲竹，希望它变株大

---

① "腊"系初版时误植，应为"蜡"。

② 此句中的两处"崛强"现在写作"倔强"，该词在臧克家先生的许多诗文中都出现过。

松"，这的①是知心的话！），像一颗彗星，拖着光芒到处警告着世界大的转变这就要来到。

再版加了四篇诗，《到都市去》是旧作，三篇新作中我自己喜欢《号声》和《逃荒》，这些诗虽说不上变风格，可是于中加上了些什么，聪明的读者们，不用我点也一定会看出来的。

在这本小书的完成上，夏丏尊先生费过了心，友人王莹就近代为校定，不胜感谢。

　　　　克家志　十一月，一九三三于青岛。

---

① 此处系初版时漏排"确"字。